W0386572

A nos mamans, Dominique et Suzanne

Editions CouleurCorbeau

HEYO

Conte de Corbeau

Illustré par Christian Offroy

Pour Tania

"plume de faucon"

Amitié

Corbeau

15 03 2014

Je suis Heyo,

un Lakota.

Je vis

sous tipi !

Je garde le camp...

Toujours prêt, par tous les temps !

Je suis Heyo,

un Lakota.

Je suis un bon pisteur.

Je trouve toujours

ma proie!

Je suis Heyo, un Lakota.

Je suis un bon chasseur.

Ma flèche atteint toujours sa cible...

Je suis Heyo, un Lakota. Je n'ai peur de rien...

Même pas du Grizzly!

Je suis Heyo, un Lakota.

Je suis Heyo, un Lakota.

Je suis un bon cavalier.

Les chevaux

me respectent.

Je suis Heyo, un Lakota,

Sioux des grandes plaines.

Je ne suis qu'un enfant

avec tout à apprendre !

Pour qui peut voir, je porte toutes les couleurs, celles du corbeau...

Editions Couleur Corbeau 2013
www.couleurcorbeau.com
Chemin de la Serraz - 01170 Montagnieu
ISBN 978-2-9541812-1-9 / Dépôt légal avril 2013
Loi n°49-956 du 16/07/1949 sur les publications destinées à la jeunesse
imprimé et relié en France par Sepec, 01960 Péronnas

avec le soutien de l'association L'Arbre à Rêves - www.larbreareves.com